Cómo se construye una casa

Lada Josefa Kratky

NATIONAL GEOGRAPHIC LEARNING | CENGAGE Learning

Hay ciertas casas que se pueden armar y desarmar fácilmente. El tipi es una de ellas. Se hacía tradicionalmente de pieles de animales sostenidas por largas varas de madera.

Una de las ventajas de estas viviendas es que son portátiles. La familia se puede mudar fácilmente de un sitio a otro, con casa y todo.

Otro tipo de vivienda portátil es la yurta, que se originó en Mongolia. Allí, gente nómada emplea generalmente esta vivienda. Esta gente pastorea camellos, caballos y yaks. Cuando los animales se han comido todo el pasto de cierto lugar, el grupo empaca la yurta y se muda a otros campos.

Pero, en general, las casas que conocemos son más complicadas y permanentes. Se necesita el trabajo de muchas personas para construirlas.

La arquitecta

El arquitecto o la arquitecta es la persona que diseña la casa. Es decir, es quien hace los dibujos o planos que guían la construcción.

El contratista

Con los planos de la arquitecta en mano, el contratista dirige el trabajo de la construcción. Elige a los trabajadores que van a hacer los diferentes trabajos. Se asegura de que a cada paso el trabajo esté bien hecho.

La carpintera

La carpintera trabaja con madera y por lo tanto es la que construye la armazón de la casa sobre los cimientos. Bajo la dirección del contratista, levanta paredes e instala puertas y ventanas. Pone las vigas que van a sujetar el techo de la casa.

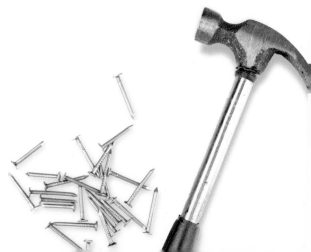

El plomero

El plomero instala las tuberías que se necesitan para traer agua limpia a la casa y también para sacar el agua sucia. Además, pone tuberías de gas que se necesitan para la calefacción de la casa y para cocinar.

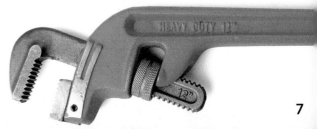

El electricista

El electricista instala los cables eléctricos, enchufes e interruptores. Estos se necesitan para poder prender las luces y para usar el refrigerador y los otros aparatos domésticos. El electricista también puede instalar paneles solares que captan la energía del sol para usos en la casa.

El albañil

El albañil trabaja con cemento, ladrillos y azulejos. Instala azulejos en el baño y en la cocina. También trabaja afuera. Puede hacer caminitos en el jardín, poner la entrada de la calle al garaje, y crear maceteros para sembrar flores o vegetales.

La pintora

La pintora prepara y pinta las paredes interiores y el exterior de la casa. Las paredes se deben preparar para que al pintarlas queden sin rajaduras visibles. La pintora ofrece una gran variedad de colores: rosado, kaki, azul turquesa, verde limón y muchos más.

Los jardineros

Los jardineros plantan y se ocupan del jardín. Muchas veces los jardineros son la familia misma. La familia se reúne y planifica lo que desea tener en el jardín. A lo mejor los niños quieran árboles frutales, como kiwis o albaricoques. Tal vez quieran construir una casa en un árbol. Todos trabajan juntos porque saben que una familia es la que convierte una casa en un hogar.

Glosario

albaricoque *n.m.*   fruta parecida al durazno, también conocida como damasco o chabacano. *Recogimos albaricoques y mi papá preparó con ellos un dulce riquísimo.*

armazón *n.f. o m.*   estructura que sostiene las paredes y techo de una casa. *La edificios altos tienen armazón de acero.*

calefacción *n.f.*   sistema de aparatos que se usa para calentar una casa. *Prende la calefacción, porque hoy hace mucho frío.*

cimientos *n.m.*   base de piedra o cemento sobre la cual se levanta un edificio. *Los carpinteros construyen las paredes sobre los cimientos de la casa.*

nómada *adj.*   que se muda con frecuencia, sin vivir permanentemente en un lugar. *Las gentes nómadas por lo general pastorean ganado.*

plano *n.m.*   dibujo que muestra los detalles de la construcción de un edificio. *Según los planos, esta pared va a tener cuatro ventanas.*

portátil *adj.*   que se puede mover fácilmente de un lado a otro. *Con mi computadora portátil, puedo hacer mis tareas en cualquier lugar.*